दस्तख़त...
जिंदगी के!

TANVI GUPTA

ISBN 979-8-88869-628-6

न मातुः परदैवतम्।

भावार्थः

मां से बड़ा कोई देवता नहीं हो सकता।

(मेरे संपूर्ण परिवार को समर्पित)

वक्त ने करवट कुछ यूँ ली के अब खुद को भी भूल गए से लगते हैं।

आईने में जो चेहरा आज है, कुछ वक्त बीता वो ज़रा मासूम हुआ करता था॥

अंतर्वस्तु

कुछ किस्से कुछ कहानियां...

कविताओं की तरफ...

कुछ किस्से कुछ कहानियां...

यादों का बक्सा

सना इतने समय बाद नानी के घर जाने को लेकर बहुत उत्साहित थी। नानी का कस्बा था हिमाचल का एक बड़ा खूबसूरत सा हिल स्टेशन, और सना शहर में पली बढ़ी! तो नानी के घर जाना हर बार उसके लिए एक बहुत मज़ेदार अनुभव होता था। अपने ममेरे भाई ईशान के साथ पहाड़ियों पर चढ़ते उतरते वो खुबानियाँ और सेब खाना सना को आज भी याद आता है। नाना जी के पहाड़ी के ऊपर सेब और खुबानी के बगीचे, तुड़ान के समय वो फलों के ढेर, छोटे छोटे किलटे ले कर सना और ईशान भी तुड़ानियों के साथ चले चलते थे। ये सब यादें शायद यादें बनकर और भी आकर्षक हो जाती हैं।

एक चीज़ जो वो अब भी सबसे ज्यादा याद करती है, वो है नानी के घर की वो अटारी जो कि सना और ईशान को हमेशा ही आकर्षित करती थी। लेकिन दोनों को ही अलग-अलग वजह से। अटारी घर का एक ऐसा अछूता हिस्सा था जहां जाने की अनुमति खासकर बच्चो को तो बिल्कुल नहीं थी। यहां तक पहुंचने के लिए नीचे बने स्टोर से होकर जाना पड़ता था। वो भी नीचे बेतरतीब ढंग से रखी चीज़ों पर पैर टिका कर, जिसमे

गिरने का खतरा हमेशा ही रहता था। कभी कभार सना के मामा वहाँ कुछ और बेकार पुरानी चीजों को डालने के लिए चढ़ जाते थे। सीढ़ी वगैरह कुछ भी नहीं था जिस पर चढ़कर आराम से ऊपर पहुंच लिया जाए। खैर, इसीलिए बच्चो को जाने की एकदम मनाही थी और इसीलिए ईशान को वहां जाना पसंद था।

हालाँकि वहां जाने की सना की खुशी का कारण बिलकुल अलग होता था। वह कारण था वो बड़ा सा कार्टन बॉक्स जो पुरानी पत्रिकाओं, कॉमिक्स से भरा पड़ा था। इसके अलावा काफी उम्दा साहित्य जैसे प्रेमचंद, रबींद्रनाथ, शेक्सपियर, मंटो की रचनाएँ भी उसमे मिल जाती थी। नानाजी को अच्छी किताबों का बहुत शौक था और इनके इस शौक को उनके बाद किसी ने भी ज्यादा तवज्जो नहीं दी। मां मामा या नानी किसी को भी उन किताबों में कोई रुचि नहीं थी। तो नानाजी का वो संग्रह उनके जाने के बाद उस बक्से का ही हो कर रह गया था। उपेक्षित, खोया हुआ और किसी पढ़ने वाले की तलाश में ऊंघता हुआ सा। सना की समझ में वो किताबे उस वक़्त नहीं आती थी, मुश्किल से 8 10 साल की थी सना उस वक़्त। लेकिन कुछ था जो उसको इनकी तरफ खींच लेता था। वो अजीब सी खुशबू जो पुरानी किताबों के पन्नो को खोलते ही दिल दिमाग में घर कर जाती है, सना उस खुशबू को आज भी महसूस करती है। और आज भी जब कभी कहीं भी कोई पुरानी किताब के पन्ने पलटने का मौका उसे मिलता है, वो

जानी पहचानी खुशबू उसको आज भी नानी की उस अटारी पर उड़ा कर पहुंचा देती है, उन परी कथाओं, पौराणिक कहानियों और राजा रानी के संसार में जहां पहुँचने पर वो बाहरी दुनिया से एकदम कट जाती थी। वह सबसे अच्छा समय था जिसे वह अपने बचपन के बारे में अब तक याद करती है।

उसे याद है एक बार उसने जिद पकड़ ली थी उस बॉक्स को अपने घर ले जाने के लिए, पर माँ से उसके बाद की पड़ी डांट भी अब तक भूली नहीं है वो। माँ का कहना था कि शहर में छोटे से घर में उस कूड़े को कहां रखेंगी वो! और वैसे भी नानी के घर से जाते हुए गाड़ी में तिल रखने की तो जगह नहीं होती, अब इतना बड़ा बॉक्स वो कहाँ रखेगी। बातें दोनो सही थी, पर नन्ही सना का मन जो उस बक्से में अटका पड़ा था उसका क्या। खैर... आखिरकार बक्सा वहीं रह गया जहां वो सालो से पड़ा था और सना फिर चली गई, नानी के घर से भरी हुई गाड़ी ले कर पर फिर एक बार खाली हाथ। लेकिन उस बक्से के लिए सना का आकर्षण कभी फीका नहीं पड़ा। इतने सालों के बाद भी, जब आज वो एक सफल लेखिका है, अपनी कमाई के अपने घर में एक बड़ी सी लाइब्रेरी बनवाते हुए भी जैसे वही बक्सा उसके दिमाग में घूमा करता था। बचपन की यादें यूँ ही क़ीमती नहीं होती, वो उस सुनहरे वक़्त के एक एक पल का आईना होती हैं और शायद इसीलिए इतनी अनमोल!!

खैर, जैसे-जैसे कार नानी के घर के पास आ रही थी, उसका दिमाग किताबों और कॉमिक्स के उस डिब्बे से हटकर अब वर्तमान में घूमने लगा। उसका ननिहाल एक बहुत खूबसूरत छोटे से कस्बे में था जिसको देख कर ऐसा लगता मानो प्रकृति ने फुरसत में उस कस्बे को अपने हाथों से सजा कर हम दौड़ते भागते, थके हुए लोगों के लिए एक उपहार की तरह पहाड़ी पर रख दिया हो। उसकी नानी का घर भी कोई अपवाद नहीं था। उसकी नानी का घर एक सचमुच की 'हेरिटेज बिल्डिंग' थी जो कि 100 साल से भी ज्यादा पुरानी थी। ब्रिटिशर्स के वक़्त की। देवदार और चील के पेड़ो से घिरी चूने और गारे के पेस्ट से बनी वो इमारत काठकुणी शैली में बनी थी और लकड़ी, पत्थरों से बना वो घरोंदा आज भी उतना ही मजबूत था। हालाँकि उसके मामा ने अब पास में ही एक पक्का घर (सीमेंट वाला) बनवा दिया था, लेकिन फिर भी पुराने घर में चहल पहल बन्द नहीं हुई थी क्योंकि परिवार के सभी लोग उसी पुराने घर में रहना ही पसंद करते थे। असल में इस तरह के कच्चे घर गर्मियों में ठंडे और सर्दियों में गर्माहट लिए होते हैं जो कि इनमें रहने वालों को हमेशा ही एक सुकून से भरा एहसास देते हैं, एक मकान को घर बनाते हैं और उसमें रहने वालों को खुशदिल और मस्त! पर अब पहाड़ो में भी ऐसे मकान काफी कम देखने को मिलते हैं। इन सुकून भरे आशियानों की जगह अब पक्के मकान लेते जा रहे हैं जो कि न वहां के वातावरण के लिहाज से सही हैं ना ही पहाड़ो के सौंदर्य दर्शन के हिसाब से।

पर आधुनिकता और देखा देखी में सब भेड़ के झुंड की तरह एक दूसरे के पीछे बिना सोचे समझे चले जा रहे हैं। सना हमेशा सोचती है कि क्यों हम मानव जाति के रूप में आधुनिकता के नाम पर इस तरह के पतन की ओर बढ़ते जा हैं और एक विशेष सांचे में फिट होने के लिए हमारी पुरानी विरासतों और उसमे छुपे वैज्ञानिक दृष्टिकोण को भी नज़रअंदाज़ करने में हम कोई कोर कसर नहीं रख रहे।

सना ये देख कर खुश थी कि पुराने घर में कुछ जरूरी छोटे बदलावों को छोड़ कर ज्यादा कुछ नहीं बदला था। ये खुशी इसलिए भी थी कि अब उसकी उस बक्से के सही सलामत होने की आशा और भी बढ़ गई थी। वो बॉक्स वहीं कहीं अटारी पर पड़ा होगा, किसी के आने और उसे तलाश कर लेने के इंतज़ार में, आज भी। खैर वो ठीक 11 बजे नानी के घर पहुंच गए थे और मिलते मिलाते, गप्पे किस्से कहानियां बाँटते, सबसे हसी मज़ाक करते कब शाम के 6 बज गए पता ही नहीं चला। अब सना ने तय किया कि अब उस स्टोर की तरफ चला जाये। उसको ये देखकर अच्छा लगा कि स्टोर अब बेहतर हालात में था। था तो पुरानी चीज़ों का जमावड़ा ही, पर हर चीज़ अब बेहतर तरीके से अपनी जगह पर थी और साथ ही अटारी के लिए एक अदद लकड़ी की छोटी सीढ़ी भी करीने से लगा रख दी गई थी। ये बदलाव अच्छा था पर कहीं अब भी सना का मन उस पुराने बेतरतीब स्टोर को न देखकर कसमसा कर रह

गया। वो आज भी कहीं वही बेढंगा सामान ढूंढ रही थी जिस पर चढ़ने से पहले उसके आंख नाक और घुटनों को कभी भी भरभरा कर गिर जाने का डर सताता था।

सना लकड़ी वाली सीढ़ी से चढ़कर जैसे ही अटारी पर पहुंची, वहां का नज़ारा देख कर वो हैरान रह गई। वो सूनी आंखों से उस अटारी को घूरने लगी जहां कोई बक्सा, यहां तक कि कोई भी सामान तक नज़र नहीं आ रहा था। डूबते हुए सूरज की हल्की किरणे जो कि स्लेट की छत के झरोखों से होती हुई नीचे कच्चे फर्श पर पड़ रही थी, उन के अलावा उस फर्श पर एक भी चीज़ नहीं थी। सना अभी खाली आंखों से अटारी को घूरती वहीं खड़ी थी कि पीछे से नानी की हांफती हुई आवाज़ आई, "यहां क्या कर रही है बिटिया? सारा घर छान मारा तुझे ढूंढते। फिर याद आया बचपन की तरह कहीं आज भी तू अटारी पर ही मिलेगी मुझे।" नानी अपने पोपले मुँह से एक ममता भरी मुस्कान देते हुए बोलती जा रही थी। "नानी... वो मेरा किताबों का बक्सा...!??? कहाँ चला गया?? और वो सारी किताबें??? उनका क्या हुआ?" सना बोली।

नानी ने बड़े ही शांत और संयत स्वर में जवाब दिया "वो बड़ा सा बेकार बक्सा!! अभी कुछ दिन पहले ही तो हेमंत ने जलाया उसे। जब यहां का कचरा साफ किया। वैसे वो किताबें तो ठीक ठाक ही थी उसमें, पर इतने सालों में जब किसी ने खोल कर नहीं देखी तो अब उस कबाड़ को घर में रख कर क्या करते।"

सना को ऐसा लगा जैसे कुछ बहुत प्यारा, कुछ कीमती किसी ने छीन लिया हो उस से। कुछ लोगों के लिए यह सिर्फ एक याद हो सकती है, पर उसके लिए वो बॉक्स उसके जीवन के सबसे खूबसूरत भाग का बड़ा अनमोल हिस्सा था, एक बहुत ही प्रिय स्मृति...! जो अब खत्म हो गई थी।

"ये सब छोड़ो तुम... अच्छा मैं क्यों ढूंढ रही थी तुम्हे... हां सिड्डू (पहाड़ी व्यंजन) बनाये हैं तेरे लिए...मुझे याद है, कितने पसंद हुआ करते थे तुझे। चल जल्दी नीचे आ कर हाथ मुंह धो और खा ले।" नानी वही प्यारी सी ममता भरी मुस्कान लिए सीढियां उतरती जा रही थी। सना अवाक सी चुपचाप एक भी शब्द बोले बिना मुड़कर नानी के पीछे सीढियां उतरने लगी। सामने की खिड़की से जब उसकी नज़र बाहर पड़ी तो खिड़की से झांकता मंदिर का पीपल भी उसे जैसे उसकी खोयी हुई बचपन की याद का मातम मनाता सा लगा। वो भागकर रसोईघर में चली गई।

शिकार

वो एकटक दीवार पर देखे जा रहा था। पीले रंग की दीवार पर सोहनी महिवाल की पेंटिंग के नीचे जाती हुई छिपकली को वो तब से देख रहा था जब वो छत के एक कोने से अचानक पीली दीवार पर आई थी। दीवार के दूसरी तरफ से इस तरफ आना इसलिए आसान था क्योंकि लकड़ी की छत और दीवार के बीच मिस्त्री थोड़ी सी जगह छोड़ गया था जो कि इस छिपकली के घूमने फिरने के लिए काफी थी। तभी सौम्या जी किचन से पानी का गिलास ले कर आई तो उसका ध्यान एकदम से दीवार से हट कर फिर वर्तमान में वापिस आ गया। सौम्या जी वैसे जानती तो नहीं थीं उसको, पर जब गेट पर चिलचिलाती धूप में अपनी कंपनी के ऐरफ्रेशनर की खूबियां बताते हुए उसने ये बताया कि वो भी कानपुर से है, तो दिल्ली में रहने वाली कनपुरिया सौम्या जी के दिल में उसके लिए अपनत्व जाग गया। सोचा इतनी चिलचिलाती धूप में किसी आसपास वाले ने तो शायद ही पानी भी पूछा होगा बिचारे को। अब है भी हमारे कानपुर का ही, पानी तो बनता ही है। सो सौम्या जी ने उसे अंदर बुला लिया और बैठक में कुर्सी दिखाकर किचन में खुद पानी लेने चली गईं।

दिल्ली में सौम्या जी तबसे रह रही हैं जबसे 20 साल की उम्र में ब्याह कर आई थी। तब 2 कमरों का एक छोटा सा घर हुआ करता था। प्रणव, सौम्या के पति, एक प्राइवेट फर्म में नौकरी करते थे। सौम्या जी के घर में कदम क्या पड़े, मां लक्ष्मी भी जैसे साथ ही चली आई। प्रणव का प्रमोशन शादी के 2 महीने बाद ही हो गया। और अगले साल आलोक भी उनकी गृहस्थी में चार चाँद लगाने आ गया। सौम्या को एक बेटी की बड़ी चाहत थी, पर शायद किस्मत को मंजूर ही नहीं था तो सौम्या जी ने भी धीरे धीरे किस्मत से समझौता करना ही वाजिब समझा। वैसे भी किस चीज़ की कमी रह गई थी अब उन्हें। दिल्ली में अपना घर जिसको शादी के 10 साल में ही एक छोटी मोटी कोठी का रूप मिल गया था। गहने, रुपया, पैसा सब सौम्या ने जोड़ जोड़ कर रखा था। सोचती थी बहु आएगी तो उसके लिए किसी तरह की कोर कसर बाकी नहीं रखेंगी। मगर देखते देखते आलोक भी फॉरनसेटल्ड हो गया। अच्छी नौकरी, अच्छी तनख्वाह सब था। बहु भी आ गई पर थी अमेरिकन, सो उसको इन सब मोटे मोटे गहनों में कोई इंटरेस्ट था नहीं। तो ले देकर जो भी कुछ इक्कठा किया वो प्रणव और सौम्या के पास ही पड़ा रहा गया।

लेकिन जब पिछले साल प्रणव ने भी एक हार्टअटैक का बहाना ले कर सौम्या का साथ छोड़ दिया तब सौम्या की जिंदगी तो जैसे बिखर कर रह गई। बड़ी मुश्किल से खुद को अब तक थोड़ा सम्भाल पाईं हैं सौम्या

जी। शादी के बाद एक दो साल तक तो एक दूसरे को अच्छे से जान भी नहीं पाते और उसके बाद की पूरी जिंदगी बच्चो के पीछे भागने में लगा देते हैं हम। जब बच्चे अपना घरौंदा बसाने चले जाते हैं; जीवनसाथी की अहमियत तभी समझ आती है। आज तक बच्चो में, घर में, पड़ोस में, रिश्तेदारों में, नौकरियों में, बिज़नस में उलझे हम ये तो समझ ही नहीं पाते कि बुढ़ापे का असली सहारा इनमे से कोई भी नहीं, अपना वो जीवन साथी ही है जिसको हम इतने बरसों से अनदेखा करते आ रहे थे।

ज्यादातर लोगों की तरह सौम्या और प्रणव को भी ये बात बहुत देर से समझ आई। और अब जब समझ आई ही थी कि नियति के क्रूर हाथों ने सौम्या से उसका प्रणव छीन लिया। तो ले दे कर सौम्या जी 62 साल की उम्र में इतने बड़े घर में अकेली ही रह गईं थी।

अकेलापन मरुस्थल की मृगमरीचिका जैसा होता है। जब हम गाहे बगाहे आती न जाने कौन कौन सी जिम्मेदारियां निभा निभा कर थक जाते हैं, तो लगता है कहीं दूर जा कर अकेले वक़्त गुज़ारें। और जब यही अकेलापन मज़बूरी बन जाता है तब भी मन उसे स्वीकार नहीं कर पाता और किसी न किसी तरह उसे दूर करने में लगा रहता है। वैसा ही कुछ सौम्या के साथ भी हो रहा था। गली में आने वाला सब्जी वाला हो या बूढ़ी के बाल (कॉटनकैंडी) बेचने वाला लड़का, सब को बुला बुला कर थोड़ी देर के लिए ही सही, अपने आंगन

में बिठा कर खुश हो लेती थी वो। आज का दिन भी कुछ ऐसा ही था।

वो जैसे ही पानी का गिलास लिए बैठक में आई तो उसे दीवार पर छिपकली को घूरते देख कर बोली, "ये छिपकलियां भी बहुत हो गई हैं घर में, खामख्वाह घूमती रहती हैं यहां वहां, किसी दिन सब को पकड़ कर बाहर करूँगी। खैर और कौन कौन है परिवार में तुम्हारे?"

सोफे पर बैठते हुए गिलास मेज़ पर रख कर सौम्या जी ने उस से पूछा तो उसने धीरे से जवाब दिया

"बीवी और एक बेटी। दोनो कानपुर में ही रहते हैं। हाँ तो मैं बता रहा था आंटी ये ऐरफ्रेशनर आपके पूरे घर को ऐसे महका देगा जैसे..."

"अरे बेटा छोड़ो, मेरे बेटे बहु इम्पोर्टेड वाला लाये हैं अमेरिका से। कह रहे थे मम्मी यहां घर पर कुछ अजीब सी गंध आती है। इस ऐरफ्रेशनर से अमेरिका का फील तो आएगा॥" हंसते हुए सौम्या जी ने कहा।

"अच्छा तो आपकी फैमिली अमेरिका सेटल्ड है।" वो धीरे से बोला, "तो आप यहां अकेली रहती होंगी। अंकल वगैरह कोई...!"

दीवार वाली छिपकली पर एकदम उसकी नज़र चली गई जो एक छोटे से कीड़े पर घात लगाए एकदम सीधी खड़ी थी।

"हाँ बेटा," वो ठंडी सांस लेते हुए बोलीं। "अंकल तो अभी पिछले साल ही छोड़ कर चले गए। अब यहां मैं और मेरी तन्हाई॥" थोड़े मज़ाकिया लहज़े में उन्होंने कहा लेकिन शब्दों के पीछे की उदासी नहीं छिपा पाईं थी वो।

"फिर तो आंटी जी आपको गलत चीज़ बेचने लगा हूँ मैं। आपको ऐरफ्रेशनर की क्या ज़रूरत। आपकी जरूरत का सामान कुछ और है।"

उसकी आवाज में एक आत्मविश्वास सा आ गया जैसे कुछ झिझक सी मिट गई हो या कोई अनजाना डर दूर हो गया हो। अचानक सौम्या जी ने महसूस किया कि कैसे सोफे पर दुबक कर बैठा वो शख्श अब थोड़ा तनकर बैठ चुका था और उसकी आवाज सुनकर तो उनको एकबारगी अचम्भा हो आया, उसकी आवाज के सुर इतनी जल्दी बदल गए कि अंदर ही अंदर वो कुछ डर सी गई। हर वो खबर दिमाग में बिजली सी कौंध गई जो यहां वहां से रोज़ इक्कठा करती रहती थी वो। अखबार में, टीवी पर यही सब तो चलता रहता था। कैसे कितने ही अकेले बुजुर्ग शातिरों के जाल में फंस कर जान तक गवा चुके हैं। और यहां तो सौम्या जी ने अपने पाँव पर खुद कुल्हाड़ी मार ली थी। कितना खतरा मोल ले लिया था उन्होंने बैठे बिठाये।

"पता नहीं बैग से कोई चाकू या रिवॉल्वर निकाल कर मेरा काम तमाम कर के घर लूट गया तो! हे भगवान... ये क्या मुसीबत मोल ली॥"

सोचते सोचते सौम्या की नज़र उस शख्श की नज़र का पीछा करते हुए एकबारगी दीवार पर गई तो देखा दीवार पर वो छिपकली कीड़े की लापरवाही का फायदा उठा कर एकदम से उसको चट कर गई थी।

अचानक से सोच के घेरे से छिटकती हुई सी सौम्या अपनी पूरी ताकत लगा कर लगभग चीखती हुई सी बोली

"क्या मतलब है गलत चीज़, और क्या बेचने वाले हो तुम?अपना बैग लेकर तुम अब एक काम करो चलते ही बनो। मुझे किसी चीज़ की ज़रूरत नहीं है वैसे भी।"

सौम्या ने अपनी आवाज़ में छुपे डर को भरसक छुपाने की कोशिश में कठोर स्वर में उसे निकल जाने के लिए कह ही दिया। ये सुनकर उसके चेहरे पर कई भाव एक साथ तैर गए। हैरानी, अपमान फिर निश्चय और फिर एकदम से प्यार के भाव, जैसे कि आईने पर पड़ी धूल किसी ने एकबारगी साफ कर दी हो और वो किसी रोशनी की हल्की सी किरण से दैदीप्यमान हो उठा हो।

बिना कुछ कहे वो अपना काला बैग टटोलने लगा और उसमें से एक पेपर स्प्रे निकाल कर सौम्या जी के हाथ में थमाते हुए बोला, "आंटी जी, कानपुर में जहां मेरी मम्मी अकेली रहतीं थीं उनके साथ एक हादसा हुआ था, जब उनको अकेला देख कर एक शातिर घर में घुस आया और गहने लत्ते तो ले ही गया पर हमारी सबसे अनमोल चीज़, हमारी मां, को हमसे सदा के लिए

दूर कर गया। आज तक वो हादसा जब भी दिमाग में कौंधता है, एक ही चीज़ का मलाल रहता है कि काश उस वक़्त मैं अपनी माँ के पास होता। जमाना बहुत आगे निकल गया है आंटी जी, शायद हमारी सोच से भी कहीं ज्यादा, और कोई और बेटा अपनी मां को ऐसे खोये और ज़िन्दगी भर दिल में खलिश लिए घूमता रहे ऐसा मैं बिल्कुल नहीं चाहूंगा।"

"ये स्प्रे आपको फ्री में दिये जा रहा हूँ, ताकि मेरे साथ घटी सच्ची घटना आपको कहानी न लगे। ये सब आपसे कहा क्योंकि आपकी आंखों में छुपे डर को पहचान लिया था मैंने। आप दिल की अच्छी हैं आंटी जी, वरना कोई आजकल किसी को घर के बाहर भी खड़ा नहीं होने देता, घर बुलाकर पानी पिलाना तो दूर की बात। दुनिया लाख बुरी हो पर अच्छे लोगो पर ही टिकी है, सो आप अच्छे ही बने रहना, पर सावधानी ज़रूरी है।" कहते हुए वो कुर्सी से उठ कर चल दिया।

दरवाजे तक पहुँच कर वापिस मुड़ते हुए बोला, "आंटी प्लीज मेरी किसी बात का बुरा मत मानिएगा, आप को देख कर माँ की याद आ गयी तो कुछ भी कह गया। वरना मेरा कोई हक नहीं बनता। अच्छा चलता हूँ।"

सौम्या जी चुपचाप उसे जाता देखती रहीं और सोचती रही कि ज़माना इतना भी आगे नहीं निकला। इंसानियत, प्यार, कद्र और दया जैसी भावनाएं आज भी जिंदा है। थोड़े कम ही सही पर अच्छे लोग आज भी हैं हमारे आसपास॥

टीस

आज फिर फेसबुक पर अनन्या ने अनिकेत को सर्च कर ही लिया। देखा तो फिर वही प्रोफाइल पिक्चर, वही कवर फ़ोटो। पिछले साल से कुछ भी बदला नहीं था उस पेज पर। न कोई नई तस्वीर न ही कोई नया पोस्ट। पर फिर भी न जाने क्यों अनन्या रुक नहीं पाती थी बार बार सर्च करने से। जबकि वो जानती थी कि अगर अथर्व को पता चल गया तो वो कितना नाराज़ और दुखी होगा। फिर भी हर बार 'बस लास्ट। सर्च हिस्ट्री डिलीट कर के इसके बाद फिर कभी नहीं।' पर ये वादा पूरा नहीं हो पाता।जब भी उसे उबाऊ, नीरस सा महसूस होता या फिर कभी उदास हो कर मन के घोड़े यहां वहां दौड़ने लगते, तो हर बार सर्च बटन पर उँगलियाँ घूम जाती।

अनिकेत अनन्या को ऑरकुट के ज़माने में मिला था। उस वक्त सोशल मीडिया का नया नया दौर था। न जाने कहाँ से एक दिन अनन्या के प्रोफाइल पर एक रिक्वेस्ट आई थी अनिकेत की। सोशल मीडिया से डरी डरी रहने वाली, प्रोफाइल पिक्चर तक न लगाने वाली अनन्या ने न जाने क्या सोचकर वो रिक्वेस्ट एक्सेप्ट कर भी ली। और देखते देखते चैट का सिलसिला चल निकला।

अनिकेत एक अच्छे कॉलेज से ग्रेजुएशन कर रहा था। उसका अंतिम वर्ष चल रहा था जबकि अनन्या ने मास्टर्स में एडमिशन ही लिया था। अनन्या को अनिकेत की सोच, समझ और बात करने का सलीका भा गया था शायद! धीरे धीरे बात फ़ोन नंबर्स के लेन देन तक पहुंच गई। बात बढ़ते बढ़ते इतनी बढ़ी कि अनिकेत ने उसे प्रोपोज़ तक कर दिया। हालांकि अनन्या जानती थी कि वो भी पसंद करने लगी है अनिकेत को। उसके मैसेज न आते तो लगता दिन ही शुरू नहीं हुआ। पूरा दिन दिमाग में उसी की बातें चलती रहती। वो राजनीति से ले कर परिवार तक सब के बारे में बातें करते। पर इस रिश्ते को दोस्ती से आगे बढ़ाने की अनन्या की हिम्मत नहीं हुई।

देखने वाली बात यह थी कि वो दोनों अब तक भी कभी मिले नहीं थे। सिर्फ फेसबुक और उसके बाद फ़ोन पर चैटिंग। अनिकेत की ग्रेजुएशन खत्म होने वाली थी और वो वापिस अपने शहर लौटने वाला था। अनन्या जानती थी कि वो भी अनिकेत को पसंद करने लगी है। पर अपनी मजबूरियों के चलते इस रिश्ते को आगे बढ़ाने की सोच भी नहीं सकती थी, ये भी वो जानती थी। वो जानती थी घरवाले इतनी दूर किसी दूसरे कल्चर और रीति रिवाज़ों में शादी को कभी मानेंगे नहीं। और सिर्फ टाइम पास करने लायक मॉडर्न अनन्या अभी नहीं हुई थी। उसके लिए प्यार का मतलब आज भी वही था जो पुराने ज़माने में हुआ करता था। तो अनन्या को

इस रिश्ते को आगे बढ़ाने का कोई कारण समझ नहीं आया। उसे बस लगा कि घरवाले नहीं मानेंगे या फिर कि अनन्या ने कोशिश ही नहीं करनी चाही।

खैर, अनिकेत को तो जाना ही था, वो चला गया। पर तोहफे में अनन्या को उसके पाँव पर खड़ा होना सिखा के, चाहे अनजाने में ही सही।

जब अनिकेत के जाने के 3 महीने बचे थे तो अनन्या को ये एहसास हो गया था कि इस बातचीत को आगे बढ़ा कर वो सिर्फ उसका और अपना दिल ही दुखायेगी और कुछ नहीं। उसने दिल पर पत्थर रख लिया। अब अनिकेत के किसी भी मेसेज का जवाब न वो वक़्त से देती न कॉल्स का रिप्लाई। उसकी इस बेरुखी से अनिकेत भी उदास था जो उसके टेक्स्ट्स और आवाज़ में अक्सर झलक जाता था। पर अनन्या ने एक कड़ा फैसला ले ही लिया था।

हालांकि ये फैसला उस पर कितना भारी पड़ रहा था ये उसका दिल ही जानता था। हर वक़्त वही उसके दिमाग के घूमता रहता। पागल सी हो गयी थी वो। पर जानती थी कि इस वक़्त टूट नहीं सकती वरना किसी को दुख के अलावा कुछ नहीं देगी। शायद खुद में इतनी हिम्मत नहीं थी कि घरवालों से लड़ सके तो जज्बातो से लड़ना ज्यादा आसान समझा था उसने।

अनन्या को ये एहसास हो गया था कि अपना ध्यान बंटाने के लिए उसे कुछ न कुछ करना होगा वरना

अनिकेत की तरफ खिंची चली जायेगी वो। वैसे अनन्या शुरू से ही पढ़ाई लिखाई में हमेशा आगे रही। पापा तो उस से आई ए एस बनने की उम्मीद लगाए थे। पर वो थी काफी लापरवाह। इन्ही दिनों राज्य प्रशाशनिक सेवा की परीक्षा निकली तो वो उसने भर दी ताकि दिमाग कही और लगा सके और अनिकेत से ध्यान हटा सके। जब भी उसका ख्याल दिमाग में आता वो पूरी शिद्दत से पढ़ाई में जुट जाती ताकि उसको अपने दिलो दिमाग से दूर रख सके। नतीजा ये था कि अनिकेत तो चला गया और अनन्या एक अच्छे पद पर अफसर बन गयी। आज भी अनन्या इस नॉकरी को अनिकेत का ही दिया तोहफा मानती है।

जिंदगी अपनी रफ्तार से बढ़ गई। वो कहते हैं ना वक़्त किसी के लिए नहीं रुकता। अनन्या की ज़िंदगी में भी अथर्व आया और फिर प्यारी से आराध्या। ज़िन्दगी चल रही थी। कोई शिकवा शिकायत नहीं थी अनन्या को। पर एक बात जो अनन्या आज भी जानती है वो ये के उसका दिल कभी नहीं भूल पाया था अनिकेत को। ऐसा नहीं था कि आज भी वो प्यार नहीं ढूंढ़ पाई या फिर कि उसे कभी भी अथर्व के प्यार में या अथर्व के लिए अपने प्यार में कोई कमी लगी।

बस उसे लगा था उसने उस वक़्त एक सही फैसला लिया था जब अनिकेत के प्यार को ठुकरा दिया था। उसे लगा था कि वो प्रैक्टिकल हो गई है और इमोशन्स पर काबू पाना कोई इतना भी तो मुश्किल नहीं होना

चाहिए। पर आज वो जानती है कि जज़्बात चिंगारियां हैं जिनको कितना भी तर्कों और दलीलों की मिट्टी के नीचे दबा लो वो थोड़ी सी हवा लगने पर भड़केंगे ही। उसे लगा था कॉलेज के दिनों का ये प्यार, प्यार भी क्या शायद आकर्षण वो उतनी ही जल्दी भूल जाएगी जितनी जल्दी वो उसकी जिंदगी में घर कर गया था। आखिर मिले भी ज्यादा तो नहीं थे वो दोनों। और तो और, अनन्या तो ये भी नहीं जानती थी कि इतने सालों बाद अनिकेत को वो याद भी होगी कि नहीं। आखिर 10 साल एक लंबा वक्त होता है। फिर भी जब अनिकेत का ख्याल अनन्या को रह रह कर चुभता है तो वह ये सोचने पर तो मज़बूर हो ही जाती है कि किसी भी रिश्ते का औपचारिक रूप से अंत होना बहुत ज़रूरी है। वरना वो रिश्ता हर बार रह रह कर एक 'टीस' बनकर दिल को सालता ही रहेगा।

'खटाक'...

कॉलोनी में बाहर बच्चो के खेलने के शोर से अनन्या की तंद्रा टूटी। आज शायद फिर पड़ोस के मिश्रा जी की खिड़की का कांच नन्हे शैतानो का शिकार बन चुका था। होश में आई तो एहसास हुआ कब से बाहर गुलमोहर के पेड़ पर उछलती गौरया को खिड़की से निहारती जा रही थी वो। शाम होने आई थी। एक ठंडी सांस ले कर अनन्या किचन की और चल पड़ी। इस उम्मीद में कि शायद कड़क मसालेदार चाय का एक प्याला इस टीस की खलिश को थोड़ा सहला दे।

अनोखा रिश्ता

मिश्का अभी भी मुँह फुलाये बैठी थी। रात की लड़ाई के लफ़्ज़ों को अभी तक अपने दिमाग में दोहराते हुए, दिमाग के रास्ते दिल तक जज़्बातों को धकेलते हुए और फिर आंखों के रास्ते उनका गुबार बाहर निकलते हुए। पता नहीं क्यों इतना गुस्सा हो जाता है मानव अचानक से। जबकि उसने तो ऐसा कुछ भड़काऊ नहीं कहा था। एक के बात एक बात निकलती गई और दोनों एक दूसरे पर चीखते चिल्लाते बात बढ़ाते गए। किसी एक के भी दिमाग में ये बात नहीं आई कि मैं चुप हो जाऊं और किस्सा खत्म करूँ अभी के लिए॥

"नहीं... क्यों...? भाई मैं ही क्यों? ये क्यों नहीं चुप हो जाता। हर बार मैं ही क्यों चुप हो जाऊं भला।

होगा गुस्सा इसको ज्यादा पर मैं भी कम नहीं हूँ।"

सो बात बढ़ती गई और बढ़ते बढ़ते बतंगड़ हो गई। खैर... दोनों ठहरे अपनी अपनी धुन के पक्के सो समझौता हो गया दूर की कौड़ी। तो जो अमूमन होता था वही हुआ... दोनों बड़बड़ाते भुनभुनाते मन ही मन अपनी तकदीर को कोसते हुए सो गए। और अब जो आंख खुली है मिश्का की तो देखा 10 बज भी गए सुबह

के, मानव जी का अता पता नहीं और दिमाग में वही कल की लड़ाई पूरा दल बल लिए फिर घुस गई। बस बहुत हुआ अब तो किस्सा आर या पार। और मन ही मन मिश्का ने तो वो सीन भी बना लिया कि कैसे वो तलाक के पेपर्स मुंह पर मारेगी मानव के। हुह। तभी अक्ल ठिकाने आएगी बच्चू की। तब अगर मेरे पैरों में भी गिर पड़ा तब भी मानने वाली नहीं हूँ मैं। समझ के क्या रखा है इसने।

लवमैरिज हुई थी इन दोनों की और जिसको भी पता चला कि दोनों शादी कर रहे हैं उसके दिल में एक ही सवाल... भई आखिर क्यों? कुत्ता बिल्ली की तरह लड़ते थे दोनों। दोनों के दोस्तों रिश्तेदारों और जिस किसी को भी इस रिलेशन को नजदीक से देखने का मौका मिला था, सबने इस फैसले पर दोनों से एक ही चीज़ पूछी थी... "मैरिज... आर यू श्योर???" मिश्का की बहन ने तो यहां तक कह दिया कि दी शादी के बाद ब्रेकअप नहीं तलाक होता है। होप यू अंडरस्टैंड द डिफरेंस। पर शादी भी एक दूसरे से ही करनी थी दोनों को। आखिर 10 साल का रिश्ता था। निभा कैसे वो और बात है, पर था तो! शादी के लिए तो दोनों के दिमाग में कोई किन्तु परंतु था ही नहीं। बस पता था कि ये तो जी करना ही है। तो हो गई शादी भी। और आ गई मिश्का जी मानव के घर। और दोनों ने लड़ते लड़ते और 4 साल निकाल ही दिए। इन 4 सालों में भगवान ने एक तोहफा मिष्ठी के रूप में भी दे दिया

उनको। वो दोनों को दुनिया भर में सबसे प्यारी थी। जान छिड़कते थे दोनों उस पर।

जब से मिष्ठी उनकी ज़िंदगी में आई मानव को एक और चिंता ने घेर लिया। अब लड़ाई तो दोनों के बीच चलती ही रहती थी। और मानव को शक ही नहीं शादी के पहले दिन से ही यकीन था कि ये मिश्का कभी न कभी तो तलाक लेगी ही उस से। अब जब मिष्ठी भी आ गई तो मानव सोचने लगा कि भाई तलाक हुआ तो कोर्ट तो फिर बच्ची मां को ही देगी, तो फिर मिष्टी के बग़ैर वो भला कैसे रहेगा। अब ये एक और टेंशन। तो फिर तो मानव जी जितना हो सके मिष्ठी को अपने तरफ करने की कोशिश करते, ताकि अगर ख़ुदा न खास्ता ऐसा वक़्त आन भी पड़ा तो मिष्ठी ही कह दे जज साहब से कि अंकल में तो पापा के पास ही रहूंगी। मतलब इन दोनों को खुद ही ये भरोसा नहीं था कि कब तक निभा पाएंगे एक दूसरे से।

हाँ तो मानव तो सुबह सुबह ऑफिस चला गया था और मैडम मिश्का जी किचन से कॉफी का बड़ा सा मग ला कर सोफे पर आ बैठी और सब पुराना हिसाब दिमाग में फ़िल्म की रील सा चलाने लग पड़ी कि अब के कोई कमी न रह जाये। इस बार तो आर या पार, याद है ना। उधर ऑफिस में मानव भी गुस्साया हुआ अपनी कुर्सी पर बैठ गया और लगा पुराने बखिये दिमाग में उधेड़ने। आज शनिवार था ऑफिस में कम ही लोग थे और काम भी कम था। तो गड़े मुर्दे उखाड़ने

के लिए टाइम तो बढ़िया था। यादों के घोड़ों पर सवार दोनों पहुंच गए कॉलेज के गेट के बाहर जहां रोज़ दोनो एक दूसरे से बिना नागा मिला करते थे। काश बात ही न करते एक दूसरे से उसी वक़्त तो आज ज़िन्दगी गुलज़ार होती, दोनो ने सोचा!!! खैर.! चाहे एग्जाम हो या बारिश या बाढ़ ही क्यों न आ जाये दोनों को 5 बजे कैंपस में लाइब्रेरी के बाहर मिलना था तो मिलना ही था। 4 बजे तक दोनों की क्लासेज अलग अलग ब्लॉक्स में होती और 5 से 8 का वक़्त उनका अपना होता। चाहे सात में से तीन दिन झगड़े में ही निकलते फिर भी 5 से 8 दोनों साथ रहते। चाहे बेंच पर या कैंटीन में मुँह फुला कर ही एक दूसरे के सामने बैठना पड़े।

और जब कॉलेज के बाद मिश्का अपनी जॉब के सिलसिले में बाहर चली गई तब दोनों फ़ोन के ज़रिए जुड़े रहे। फ़ोन पर भी कई बार वो इतनी जोर जोर से लड़ते कि कभी कभी तो मिश्का के पड़ोस के कमरे की लड़कियां देखने आ जाती कि मिश्का ठीक तो है। एक बात पर अजीब सी हुई कि उन लड़ाइयों के बारे में सोचते सोचते कब दोनों को वो लम्हे याद आने लगे जब उसी फ़ोन पर दोनों एक दूसरे को देखने के लिए तड़पते हुए उदास हो जाया करते थे। जब मिश्का छुट्टियों में वापिस आती तो कैसे घर पर झूठ बोल कर ज्यादा से ज्यादा वक़्त एक दूसरे के साथ बिताना चाहते थे दोनों। और मानव कैसे दिन रात की परवाह किये बिना मिश्का

के साथ तब तक साये की तरह बना रहता जब तक वो ठीकठाक घर नहीं पहुंच जाती। हालांकि इन सब में दोनों अपने घरों में कितना झूठ बोलते थे, ये सिर्फ वही जानते थे। सोफे पर मिश्का और कुर्सी पर बैठे मानव के चेहरे पर वो सब झूठ याद कर के कब हल्की सी मुस्कान तैर गई पता ही न चला। पर जल्दी ही दोनों की मुस्कान काफूर, क्योंकि कल रात वाले झगड़े का पलड़ा अभी भी भारी था।

जब मिश्का के लिए रिश्ते आने लगे तो मानव उसके पीछे पड़ गया कि अब घरवालो को अपने रिश्ते की बात बता देनी चाहिए। पर मिश्का पता नहीं क्यों अभी मन से इस बात के लिए तैयार नहीं हो पा रही थी। शायद कहीं दिमाग के छोटे से कोने में ये बात थी कि क्या दोनों पूरी ज़िंदगी साथ निकाल पाएंगे? खैर तब भी मानव ने पता नहीं क्या क्या तर्क दे कर कर अनमनी सी मिश्का को उसकी मां से बात करने पर राजी कर ही लिया। "हे भगवान उसी वक़्त क्यों नहीं मुझे सही रास्ता दिखाया तूने!! काश मां से बात ही न करती और न आ फसती इस मानव के बच्चे के साथ।" मिश्का सोच रही थी। तभी उसको कुछ और याद आया। जब मां को पता चला तो खुशी के मारे उसी वक़्त कुंडली मंगवा ली थी मां ने मानव की। जब मिलान किया तो पता चला कुंडलियां तो मिलती नहीं। कायदे से तो मिश्का को खुश होना चाहिए था, इस वक़्त भी दोनों लड़ते ही तो रहते थे, पर उसके तो

पैरो तले ज़मीन खिसक गई। फिर शुरू हुआ ऑनलाइन कुंडली मिलाने और जो दोष पंडित जी ने बताया था उसको सर्च करने का सिलसिला। और शिद्दत देखिये कि मिश्का दोष का इलाज भी ऑनलाइन ही खोज लायी। पंडित जी को बताया तो उन्होंने भी अपनी गणित लगा कर क्लीन चिट दे दी। तब जा के साँस में सांस आई थी मिश्का के। पर इन सब के बीच, जब मिश्का इस सब से गुज़र रही थी, बेहद तनाव में थी, मानव एकदम कूल था। कभी कभी जब मिश्का झल्ला कर मानव से पूछती की तुम्हें डर नहीं लग रहा, हो सकता है इस कुंडली की वजह से हम दोनों अब साथ न आ पाएं, तो मानव का एक ही जवाब होता था," मुझे पता है ऐसा कभी नहीं हो सकता। हम एक दूसरे के लिए ही बने हैं।" उस वक़्त मिश्का को लगता जैसे सारे जहाँ का प्यार समेट कर भगवान ने उसकी झोली में मानव के रूप में डाल दिया हो। कॉफी पीते मिश्का की आँखों से दो आँसू कब ढुलक कर गालों पर आ गए पता ही नहीं चला।

और अभी पिछले साल ही की तो बात है जब डॉक्टर ने मिश्का के पापा की ब्रेन सर्जरी इमरजेंसी में करने को कहा तो सब को मानो साँप सूंघ गया। कोविड महामारी के दौरान कौन पापा के साथ हॉस्पिटल जा कर अपनी जान भी खतरे में डालता। रिश्तेदार दोस्त तो सब पीछे हट गए। मम्मी तो जाने को तैयार ही थी पर उनके अकेले के बस की बात नहीं होने वाली थी ये। और

छोटी मिष्ठी को साथ ले कर मिश्का कैसे हॉस्पिटल जा पाती। तब मानव ही था जिसने बिना सोचे समझे पापा को हॉस्पिटल ले जा कर 15 दिनों तक रात दिन पापा की सेवा की और पूरा साथ निभाया। सब मिश्का की आंखों के सामने ऐसे घूम गया मानो कल ही कि बात हो।

यादों की गलियों से निकलकर जाने कब मिश्का पास पड़े अपने फ़ोन को उठा कर मानव का नंबर डायल करने लगी। नंबर बिजी था। जैसे ही लाइन डिसकनेक्ट की मानव का नंबर फ़ोन पर फ़्लैश होने लगा। वो उसे ही कॉल कर रहा था। मिश्का ने झट से फ़ोन उठाया,

"हलो, मैं तुम्हे ही कॉल कर रही थी। सुनो ना, आज जल्दी घर आ जाना, मिष्ठी पापा को कुछ ज्यादा ही याद कर रही है।"

"अच्छा मिष्ठी...।" मानव मुस्कुराहट छुपाते हुए बोला, "हाँ हाँ क्यों नहीं। और एक बात कहने के लिए फ़ोन किया था मैंने वैसे।"

"हाँ बोलो ना" मिश्का बोली।

दूसरी तरफ से उसे मानव की वही मीठी सी आवाज आई जो आज से पांच साल पहले फ़ोन पर उसके कानों में पड़ी थी

"तुम्हे याद है ना, हम एक दूसरे के लिए ही बने हैं।"

आवाज़ में पांच साल पहले की वही खनक, वैसी ही कशिश और मिश्का की धड़कन आज भी वैसे ही तेज़ हो गई।

दोनों ओर से खिलखिलाहट फ़ोन पर गूंज गई और उसी खिलखिलाहट के बीच दोनों की भीगी आंखों ने यह जवाब भी दे दिया कि आखिर क्यों दोनों आज तक साथ हैं।

मुखौटा

"जैसा कि सभी जानते ही हैं कि हर साल की तरह इस बार भी कॉलेज से अंतिम वर्ष के छात्र भारत की किसी जानी मानी, जानकारी और रोमांच से भरी जगह पर जाते हैं। आप सब को ये भी अब तक पता चल ही गया होगा कि जैसे आपके सीनियर्स को केरल जाने का मौका मिला था, आपको इस वर्ष हम भारत के अनछुए पूर्वोत्तर राज्यों की सैर करवाने वाले हैं। लेकिन सैर सपाटे के साथ साथ ये एक शैक्षणिक यात्रा भी है तो आप सब को अपनी पढ़ाई वहां पर भी जारी रखनी होगी, हमारी विजिट्स दूसरे शैक्षणिक संस्थानो और वहां की कुछ दर्शनीय स्थानों पर तय हो गयी हैं, मुझे उम्मीद है कि आप सब अपने अच्छे व्यवहार से नई जगह पर अपने कॉलेज का नाम रोशन करेंगे।"

कुमार सर किसी घिसे पिटे टेपरिकॉर्डर की तरह बोले जा रहे थे। जबकि वो जानते थे कि सब स्टूडेंट्स को टूर के बारे में एक एक बात पता है। आखिर कॉलेज का ये बहुप्रतीक्षित टूर जो था जो हर साल फाइनल इयर का सबसे बड़ा आकर्षण था। हां एक बात जो किसी को पता नहीं थी वो ये कि ग्रुप लीडर कौन चुना जाएगा।

तो कुमार सर घूम फिर के इस बात पर आ ही गए और बोले, "आप ये भी जानते हो कि इस बार टूर पर मैं आपका साथी फैकल्टी रहूंगा, और टूर को सही तरह से प्लान और एक्सीक्यूट करने के लिए अपनी मदद के लिए मैं शायना को आपका ग्रुप लीडर चुनता हूँ और सिद्धार्थ आप शायना को इस काम में असिस्ट करोगे।"

शायना ने अभी पानी पीने के लिए अपनी बॉटल को मुँह से लगाया ही था कि अपना नाम सुनते ही वो इतनी हैरान हो गयी कि पानी उसकी नाक में जाते जाते बचा और तालियों की गड़गड़ाहट के बीच खांसते हुए वो अपनी जगह आहिस्ता से खड़ी हो गयी। शायना और सभी शायद इसलिए भी हैरान थे क्योंकि शायना का एक अलग ही व्यक्तित्व था। अपने आप में ही खोई रहने वाली, ईयरफोन्स लगा कर कॉरिडोर में घूमती रहती, यहां तक कि शायना ने भी ये कभी नहीं सोचा था कि कुमार सर या और कोई टीचर भी; उसको उसके नाम से जानता भी होगा। सिद्धार्थ और उसे सर ने क्लास के बाद अपने केबिन में आने के लिए कहा और फिर लेक्चर लेने में व्यस्त हो गए। पर शायना का तो मूड ही ऑफ हो गया। खुद को तो सम्भाला जाता नहीं मुझसे, अब पूरे टूर पर इन सब मुर्गियों (स्टूडेंट्स) को भी मैं ही सम्भालती फिरूँ। पता नहीं सर को क्यों मेरी ही बलि चढ़ानी थी। मुँह बनाती हुई वो अपना स्लिपपैड खोल कर अंतिम पन्ने पर अपने पेंसिल स्केच को पूरा करने में बिजी हो गई।

आने वाले तीन दिनों में दोनों ने सर के साथ मिल कर सारी व्यवस्था संभाली। टूरप्लानिंग, सबको जरूरी निर्देश देना, हर दिन कहाँ रहना है, खाने पीने की हर दिन की व्यवस्था, विजिट्स के लिए सारी तैयारियां सब कुछ इन दिनों में सर के साथ मिलकर दोनो ने प्लान किया। और आखिर में वो दिन भी आ गया जब सब को कॉलेज बस से गंतव्य के लिए निकलना था। सब पूरे उत्साह के साथ बस में सवार हो गए। शायना सफर में हमेशा सबसे पीछे खिड़की वाली सीट पर ही बैठना पसंद करती थी, क्योंकि वहां न किसी टीचर की झिकझिक होती, न सफर के दौरान अंताक्षरी खेल रहे उसके बैचमेट्स उसे परेशान कर पाते, आखिर वाली कोने वाली वो सीट आसानी से अनदेखी हो जाती थी। और शायना को ईयरफोन्स अपने कानों में खोंसकर बाहर के पूरे नज़ारो का लुत्फ उठाने का पूरा पूरा मौका मिल जाता। अंतर्मुखी जो आज के मॉडर्न जमाने में ज्यादातर इंट्रोवर्ट्स के नाम से ज्यादा जाने जाते हैं, उन्हें अपने साथ बिताया वक़्त सबसे प्यारा होता है, सबसे यादगार। और सफर के दौरान तो ये वक़्त और भी बेशकीमती हो जाता है, और भी मज़ेदार।

लेकिन शायना के तो सारे प्लान पर पानी फिर गया जब सर ने उसे सबसे आगे वाली सीट पर बैठने के लिए कहा, आखिर वो ग्रुप लीडर जो थी और सर के मुताबिक़ अगर उन्हें ग्रुप के लिए कोई जानकारी या निर्देश देना हुआ, तो कहां वो उसे ढूंढते फिरेंगे। 'क्या मुसीबत गले

पड़ी!!' सोचती हुई शायना को गुस्सा तो बहुत आया पर बेचारी मन मसोस कर रह गई। अब मरती क्या न करती। तो सफर शुरू हो गया और अनमने से ढंग से शायना ने अपने स्लिंग बैग को आगे वाली सीट पर जमा दिया, पर बैग के अंदर रखे हरे पर्स पर एक बार फिर उसने नज़र डाली, जिसमें उसने सर के दिए पचास हज़ार रुपये रखे थे।

सर को उसने काफी मना किया था कि इतना बड़ा कैश अमाउंट वो सम्भाल नहीं पाएगी, पर सर ने उसकी एक न मानते हुए जिम्मेदारी का हवाला दे कर उसको वो पैसे थमा दिए थे। "आखिर सफर में होने वाले छोटे खर्चों के लिए ये पैसे ही तो काम आने वाले हैं। और मैं अपने पास कितना कैश ले कर चलूं?? जिम्मेदारी तो तुम्हारी बनती है न। बाकी सब तो मैं देख ही रहा हूँ। और अब कॉलेज के फाइनल ईयर के स्टूडेंट्स छोटे बच्चे तो नहीं होते। जिम्मेदार नागरिक हो तुम भी। सम्भालो इसे।" सर जी ने ये तर्क दे कर उसको चुप करवा दिया और पांच पांच सौ के नोटों की एक गड्डी उसे थमा दी।

हाँ ग्रुप लीडर ना हुआ तुम्हारा नौकर हो गया, मतलब अपनी सब जिम्मेदारियों से छुटकारा पा कर ग्रुप लीडर के नाम पर बच्चो के नाजुक कंधो पर बंदूक रख कर चला लो तुम। मन ही मन उस मनहूस दिन को कोसती हुई,जब सर को उसे ग्रुप लीडर बनाने का ख्याल आया था, वह पैसे ले कर मुँह लटकाकर होस्टल की तरफ वापिस चल दी थी। और अब वो पैसे उसके

जी का जंजाल बने उस हरे पर्स में पड़े थे जिसे वो बार बार देख रही थी कि कहीं उसकी लापरवाही के चलते वो खो न जाएं। इतना बड़ा कैश अमाउंट शायना पहली बार ही सम्भाल रही थी तो उसको चिंता भी कुछ ज्यादा थी, पर अब गले पड़ा ढोल तो बजाना ही पड़ता है।

कुछ दूर जाने पर जब 10 हजार बस में डीजल भरवाने का बिल बन गया तो शायना को भी तस्सली हुई की चलो कुछ तो भार कम होगा सिर से। पर ये क्या, उसको हैरानी हुई जब कुमार सर ने उसको पैसे लाने को न बोलकर वहां बिल अपने पास रखे कैश से चुकता कर दिया। शायना को हैरान देख कर सर खिसियानी हँसी हंसते हुए बोले "भाई अभी काफी लंबा सफर है, धीरे धीरे तुम्हारा भी बोझ कम कर देंगे।" शायना चुपचाप अंदर चली गई।

हां हज़ारो की तनख्वाह ले कर भी पहले अपना भार हल्का कर लो। शायना मन ही मन भुनभुना रही थी। बस अपने रास्ते चल पड़ी और शायना खिड़की से बाहर झांकने लगी। कभी सामने से केले की छोटी छोटी झाड़ियों की करीने से लगी लकीरें गुज़र जाती और कभी अनानास के लंबे लंबे खेत। बीच बीच में झोपड़ीनुमा घर कभी नज़र आ जा रहे थे जो कि फूलो की बेलों से पटे पड़े थे। बाहर का नज़ारा देख कर उसका मन थोड़ा शांत हुआ और शाम की ठंडी ठंडी हवा के झोंको में कब नींद ने आ घेरा पता ही न चला। जब आंख खुली तो देखा कि बस गंतव्य तक आ चुकी थी और सब

उतरने की तैयारियां कर रहे थे। बाहर देखा तो साल के बड़े बड़े घने पेड़ नज़र आये। "अब यहां कहाँ रहेंगे हम लोग?" सोचती हुई शायना अपना ट्रॉली बैग उठाकर अपने दोस्तों के साथ पेड़ो के बीच बनी कच्ची पगडंडी पर चलते लगी।

मुश्किल से 100 मीटर आगे जा कर जगह खुलने लगी थी और बांस से बनी छोटी छोटी हट्स, उसे नज़र आने लगी जो बड़े ही करीने से बनाई गई थी। जगह के बीचोबीच एक कैफ़े था जो कि पूरा बांस से बना था और बांस की बनी कुर्सियां, मेज़ और छत से लटकती बांस की लालटेनें उस जगह को एक बहुत ही शांत और रहस्यमयी सा आभास दे रही थी। कैफ़े के ठीक चारों ओर पत्थरों के बने रास्ते बांस की बनी हट्स तक जा रहे थे जो कि बांस के झुरमुटों में छुप कर मानो अपनी सुंदरता पर इठलाती हुई सी लग रही थी। कैफ़े के बाईं ओर बांस की एक हट थी जो कि दोमंजिला थी और बड़ी ही खूबसूरती से बनाई गई थी। सर ने उसकी और इशारा करते हुए शायना से कहा," शायना जी आप अपनी किसी एक सहेली को ले कर इस हट में चली जाओ। ये वाली हट तुम्हारे लिए, भाई ग्रुप लीडर के लिए कम से कम इतना तो हम कर ही सकते है ना। "शायना खुशी से जैसे नाच उठी। वो हट थी ही इतनी खूबसूरत। नीचे छोटी सी मचान जहां पर एक छोटा सा कमरा और बाथरूम था। उसके बाहर एक बड़ा साफ सुथरा लॉन जहां पर तरह तरह के फूल उगे हुए थे।

मचान से ऊपर जाने के लिए सीढ़ियां थी और सामने एक बड़ा सा कमरा जहां सब कुछ बांस का बना था। बिस्तर से ले कर कुर्सी मेज़ यहाँ तक कि पानी का मग भी बांस का था। खिड़कियों पर बांस के ही पर्दे लगाए गए थे।" भगवान का शुक्र है कहीं तो काम आयी ये फालतू की बेकार सी पदवी।" सोचती हुई शायना अपनी एक सहेली को साथ ले कर समान रखने कच्चे रास्ते पर हट की ओर चल दी।

शाम के 6 बज रहे थे। कुमार सर ने सबको 8 बजे डिनर के लिए कैफ़े में ही बुलाया था। तब तक सब लोग अपने अपने कमरों में जा कर नहा धो कर फ्रेश हो लिए। 8 बजे तक सब कैफ़े में पहुंच गए थे ताकि जल्दी से खाना खा कर सो जाएं, आखिर इतना लंबा सफर करने के बाद सबका शरीर थकावट से चूर हो रहा था। शायना और सिद्धार्थ को साढ़े सात बजे ही आने को कह दिया गया था ताकि किसी तरह की परेशानी न हो। साढ़े 9 बजे तक सब खाना खा कर चले गए। अब शायना भी सर से इज़ाज़त ले कर अपने कमरों की ओर जाने लगी ही थी, तभी सर को कुछ याद आया और वो शायना से बोले, "शायना सुनो तीन दिन हमें यहीं रुकना होगा तो मैंने यहां बात कर ली है। हमारे खाने का बंदोबस्त सुरेश ही कर देगा। ये यहां मेसवर्कर है। जैसा कि तुम देख ही रही हो आदिवासी इलाके हैं, खाने पीने का सामान ढूंढने में दिक्कत तो होगी इसे भी। तो तुम वो पचास हज़ार सुबह इसको दे देना, ताकि

तीन दिन हमें रहने खाने की कोई समस्या न हो, और ये भी सब अच्छे से व्यवस्थित कर सके।" सर ने सुरेश की ओर देखते हुए कहा जो मझोले कद का एक दुबला सा आदमी था। चेहरे और पहनावे से वहीं आसपास के गांव का ही लग रहा था। शायना ने उसे देखा तो उसने हाथ जोड़ कर और सर झुकाकर हल्के से शायना का अभिवादन किया।

अब अंधा क्या चाहे, दो आंखे। शायना तो इसी सोच में मरी जा रही थी कि अब पैसो को कब तक गले में लटकाकर घूमती रहेगी। बल्कि इस वक़्त भी वो उस हरे पर्स को अपने स्लिंग बैग में लटका कर साथ ही घूम रही थी। वो जानती थी कि कुमार सर का पैतृक गांव भी यहीं कहीं आसपास है। तभी कॉलेज मैनेजमेंट ने भी सर को ही टूर के लिए फैकल्टी बना के भेजा था। तो इस बात पर भी कोई शक नहीं था कि अनजान आदमी को इतनी बड़ी रकम कैसे थमा दें। फिर सर जो कहें वो सही ही होगा। शायना छूटते ही बोली, "सुबह क्यों सर, मैं तो पैसे अभी भी साथ लिए घूम रही हूं। अभी इनको दे देती हूं।" कहते हुए शायना ने पांच सौ की गड्डी वाला काला पॉलीबैग हरे पर्स से निकाल कर सुरेश को थमा दिया। सुरेश ने पैसे गिने और जेब में रख लिए तो शायना ने भी छुट्टी पाई। अब बिना किसी तनाव या डर के आराम से वो अपने बांस की बिस्तर पर जो सो सकती थी। बिल्कुल उसके बाकी साथियों की तरह।

तीन दिन तक सब वहां दिल खोल के घूमे फिरे। ये बैम्बूहट्स पर्यटन की दृष्टि से शहर से दूर बनाई गई थी, पर कॉलेज बस पर एक घण्टा शहर के लिए लगता और वहां कई तरह के इंस्टिट्यूट्स, पार्क्स, वन्यजीव स्थल थे जहां दिन में वो शैक्षणिक भ्रमण करते और शाम को 3 से 6 बजे तक सब बाजार में घूमते हुए वहां के पारंपरिक व्यंजनों, वेशभूषाओं और भी कई तरह की खरीददारी का आनंद लेते। और 7 बजे तक वापिस अपने बांस के घरोंदों में। तीन दिन कैसे पंख लगाकर उड़ गए पता ही नहीं चला। और चौथे दिन जाने का समय भी आ गया। कुमार सर ने सिद्धार्थ से सबको 10 बजे बस में सवार होने का सन्देश भिजवा दिया था और शायना और सिद्धार्थ को तैयार हो कर 9 बजे मेस में आने को कहा था ताकि सारा हिसाब किताब किया जा सके।

"हां तो भाई सुरेश, तुम्हारे पास कुल मिला कर हम लोगों के 1 लाख रुपये थे।"

इस से पहले की शायना कुछ बोलती कुमार सर उसकी तरफ देखते हुए बोले, "पचास हज़ार मैंने भी इसको दिया था क्योंकि हमारा काफिला थोड़ा बड़ा है और विजिट्स के दौरान का खर्चा पानी भी सब इसी ने देखा था।"

"हाँ तो भाई...सब मिला कर कितना खर्चा आया है?"

"साबजी...वो... सब मिला कर के तो...वो...अड़तालीस हज़ार खर्चा कर दिया हूँ अब तक मैं। देखिये न इस पर्ची पर पूरा हिसाब लिखा है। सब्जी भाजी, राशन पानी, दूध दही सब।

बड़ा मुश्किल हुआ साबजी इतने बड़े काफिले के लिये चीज़े जुगाड़ करना। पर आपकी कृपा से सब हो गया ठीक ठाक।"

सुरेश ने धीरे से कत्थई मुस्कुराहट के साथ दीन से लहज़े में बोलते हुए सर को एक कागज़ के पुर्जा थमा दिया।

"...हम्म्म... तुमने अड़तालीस हज़ार का हिसाब मुझे दिया है। चलो इतना तो बनता ही है। 2 हज़ार मैं अपनी तरफ से तुम्हे दिए जाता हूँ, आखिर तुमने इतनी मदद जो की है।"

सुरेश ने मुस्कराकर अपना सर झुका लिया।

"तो ऐसा करो अब बचे हुए पैसे तुम शायना के हवाले कर दो।"

"क्या...!!! लो फिर बला मेरे ही सर आन पड़ी।"

मुँह बनाते हुए शायना ने जब लिफाफा लिया तो देखा कि 500 की जगह अब 2000 के नोट थे जो उसे सम्भालने थे। चलो थोड़ा नोटों की गिनती में ही कमी सही। सोचकर फिर उसी हरे पर्स में उसने लिफाफा खोंस लिया।

ठीक 10 बजे बस वहां से निकल पड़ी। सब के चेहरे खुशी से खिल रहे थे, और सब अब इस इंतज़ार में थे कि आगे के पड़ाव में क्या कुछ नया देखने को मिलेगा। करीब दो घण्टे हाईवे पर चलने के बाद ड्राइवर ने जब पेट्रोलपंप के आगे बस को खड़ा कर दिया तो कुमार सर जो आगे की सीट पर कब से बैठे ऊंघ रहे थे उबासी लेते हुए शायना को पैसे देने और बिल लेने कि हिदायत दे कर सो गए। डीजल भरवाने के बाद शायना ने भी 2 हज़ार के 10 नोट इतनी फुर्ती से पेट्रोल भरने वाले भैया को पकड़ाए की जैसे अगर 1 सेकंड की भी देरी हुई तो वो पैसे लेने से मना कर देगा। सिद्धार्थ भी उसके साथ ही था। खैर जैसे ही वो पैसे उसे पकड़ा कर वापिस मुड़ी पीछे से भैया की आवाज आई,

"मैडम ये तो नकली है!"

"क्या... क्या नकली है???"

"ये नोट मैडम।" पंप वाला बोला।

सुन कर जैसे शायना के पैरों तले जमीन खिसक गई। जल्दी से बस में बैठे कुमार सर के पास जा कर उसने सारी बात बताई। सर ने पहले तो अपनी जेब में पड़े बीस हज़ार के नोट उसे पकड़ा दिए जैसे कुछ हुआ ही न हो। और कहा "जा के पैसे तो दे दो पंप वाले को।" शायना सिद्धार्थ को पैसे पकड़ाती हुई बोली, "सर मुझे लगता है हमें वापिस चलना चाहिए। उस सुरेश ने पचास हज़ार के नोट मुझे नकली पकड़ा दिए। उसने हमें धोखा

दिया है। मुझे तो लगता है हमें पुलिस में शिकायत भी कर देनी चाहिए। न जाने इस तरह से कितनों को फँसा कर उसने धंधा चला रखा होगा।"

"अब 2 घण्टे वापिस जाने को कौन लगाए शायना। ये सब तो तुम्हे पहले देखना चाहिए था न। अब छोटी बच्ची नहीं हो तुम। पैसा एक ऐसी चीज़ है जो बड़े बड़ों का ईमान फिरा देता है। जब खुद तुम लापरवाह रही तो औरों पर क्यों दोष दे रही हो। खैर अब जो हुआ सो हुआ। आगे कहीं ये पैसे खपा देना, अभी ट्रिप के 5 दिन और हैं। सबको बोलो बस में बैठें और जल्दी से आगे चलो, कहीं देर न हो जाये।" कुमार सर उनींदे से बोले और मुड़कर खिड़की से बाहर देखने लगे।

शायना के दिमाग में बिजली सी कौंध गई। अब जब सब कड़ियाँ जुड़ने लगी तो कहानी समझ में आने लगी। क्यों सर ने उस जैसी एक गैर जिम्मेदार सी लड़की को चुना, क्यों पैसे सुरेश को देने और फिर वापिस लेने के लिए कहा। आखिर सर का पैतृक घर तो यहीं आस पास है तो ऐसा हो ही नहीं सकता के सर उसको न जानते हों। पर अब पछताने से कोई फायदा नहीं था। वो भी तब जब चिड़िया सारा खेत चुग गई और उसके पास कोई सबूत भी तो नहीं था जिसके आधार पर वो सर पर इल्ज़ाम लगती।

उसने अपनी सीट पर जाते हुए सर को एक बार मुड़कर देखा तो उसे लगा जैसे किसी मुखौटे के पीछे

छिपे इंसान का चेहरा उसे एकबारगी साफ साफ दिख गया हो। अपने सीट पर पड़े उस हरे पर्स को शायना ने उठाया और बैठते हुए उसे दोनों बाहों में कस कर अपने आप से चिपटा लिया। शायना को जिंदगी भर के लिए एक सीख मिल गई थी।

भ्रम

अभी नैना ने गैस पर चाय चढ़ाई ही थी कि कॉलबेल की तीखी आवाज उसके कानों में पड़ी। आज ऑफिस की छुट्टी थी, घर पर भी खास कुछ काम नहीं था। रोजमर्रा के कामों के लिए एक मेड रोज आया करती थी और बाकी के अपने काम नैना छुट्टी वाले दिन निपटा लेता थी। रायमा भी बाहर कॉलोनी में खेलने चली गई थी। कुछ फुर्सत का वक्त निकलता देख नैना को अपने बैग में पड़ी किताब याद आ गई जो हमेशा ही बैग में रहती। हमेशा उन कुछ पलों के इंतजार में जब नैना को काम से थोड़ा आराम मिले तो वो अपने बैग से किताब निकाल कर उन पलों को कुछ एंजॉय कर सके। बचपन से ही नैना को पढ़ने का बड़ा शौक था जो कॉलेज के दिनों तक तो आराम से पूरा हो जाया करता था पर अब शादी, ऑफिस और बच्चे के साथ ये शौक पूरा हो पाना दूर की कौड़ी लगने लगी। फिर भी इसका तोड़ भी नैना निकाल लाई थी। वो अपने ऑफिस बैग में हमेशा एक किताब रखने लगी। जैसे ही थोड़ी फुर्सत मिलती, चाहे ऑफिस में या घर पर, वो झट से किताब निकाल कर पढ़ने लगती। जैसे ही एक किताब खत्म होती,

उसी दिन दूसरी किताब नैना बैग में रख लेती। उसे हर तरह की किताबें पढ़ना अच्छा लगता। रोमांटिक, फिक्शन, यात्रा संस्मरण, इतिहास कुछ भी। और अब तो शॉपिंग ऐप्स के चलते बस एक क्लिक की देरी और किताब आपके हाथ में! तो बस ये जुगाड़ बढ़िया चल रहा था।

खैर जब घंटी की आवाज कानों में पड़ी तो उसे कम से कम आज तो ये प्लान सफल होता नहीं दिखा।

उसने जैसे ही दरवाजा खोला तो देखा सामने दृष्टि दी खड़ी थीं। वो नैना की ममेरी बहन थी और उसी के शहर में थोड़ी दूरी पर रहती थी। वैसे तो दोनो में बहुत प्यार था पर मिलना जुलना कभी कभी ही हो पाता था। क्योंकि नैना को तो ऑफिस से फुर्सत नहीं मिल पाती थी और दी वैसे तो होममेकर थी पर नैना से भी ज्यादा बिजी रहतीं। उनके दो बच्चे थे और पूरा दिन उनका बच्चों और घर को ही सजाते संवारते बीत जाता था। वैसे दी की बनाई स्वेटर्स, क्रोशिया आइटम्स पूरी रिश्तेदारी में मशहूर थीं। उनके हाथों में ही कुछ जादू था। जिस महफिल में दी आ जाती वहां की जान हो जाया करतीं। गाना बजाना, नाचना गाना महफिल की पूरी रौनक उनसे ही होती। उनके साथ नैना को वैसे तो बहुत कम वक्त बिताने को मिलता था, पर जितना भी वक्त मिलता वो कब हँसी ठिठोली, ठहाकों में बीत जाता पता ही नहीं चलता था। दी थी ही इतनी खुश मिजाज!

"वाह दी! आप आज कैसे रास्ता भूल गईं इतने दिनों बाद। और जीजू कहां हैं, दिखाई नहीं दे रहे।" नैना खुशी से चहकते हुए बोली। साथ ही प्रश्न भी दाग दिया क्योंकि वो जानती थी कि दी ड्राइव नहीं करती। और बस या उबर से आने की कभी जहमत नहीं उठाती थी।

"बस यूं ही। सोचा मिल लूं तुझे। बड़े दिन हो गए। अकेली ही चली आई।" कुछ बुझी सी आवाज में दृष्टि ने कहा।

"क्या हुआ। सब ठीक तो है दी? रुको आप बैठो मैंने चाय बनाई ही है। ले कर आती हूं, फिर आराम से बैठ कर बातें करते हैं।"

"रहने दे यार। आज से चाय छूट गई मेरी।" दृष्टि खिड़की में से झांकते गुलमोहर के सुर्ख लाल फूलों को निहारती धीरे से बोली।

नैना एक पल के लिए ठिठक गई। पर फिर से बिना कुछ कहे रसोई की तरफ मुड़ गई। वो जानती थी दी को चाय कितनी पसंद थी। "आज कुछ ज्यादा ही उदास लग रहीं हैं दी। अभी शांति से पूछती हूं क्या हुआ है।" नैना ने सोचा।

जब नैना वापिस आई तो दी टेबल पर रखी किताब को उलट पलट रहीं थी। "तुझे बचपन से ही किताबों का बड़ा शौक है न! मुझे याद है बचपन में जब गर्मियों की छुट्टियों में तू घर आया करती थी, तो बस इन्हीं किताबों

में सिर गड़ाए मिलती। सब बच्चे बाहर धमा चौकड़ी मचाए घूमते और तू बस किताबों में गुम। थोड़ी अजीब थी तू भी।" दी की थकी हुई सी आवाज में हल्की सी शरारत झलकी। वैसे ही जैसे घने बादलों में से हल्की सी सूरज की एक किरण चमकी हो।

"हम्म्म। आपको याद है?" नैना बोली," वैसे बचपन से लेकर अब तक कितना कुछ बदल गया है न। नौकरी,शादी, बच्चे और इन सब के बीच हम! जीवन किताब के पन्नो के जैसे कितनी तहों में आता है। हम एक से दूसरे तह में चलते जाते हैं और देखते ही देखते खुद कितने बदल जाते हैं।"

"हां पर कभी भी बीते वक्त में नहीं जा पाते।" दी की आवाज में छुपी उदासी अब और भी मुखर हो चली थी।

"दी कुछ हुआ है क्या? आज आप वो पुरानी दृष्टि तो नहीं लग रहे। बताइए शायद मैं कोई मदद कर सकूं।" नैना ने दी के हाथ पर अपना हाथ धीरे से रखते हुए कहा।

"अरे जो होना है वो तो होकर ही रहेगा यार। उसको कौन टाल सकता है।तुझे पता है नैना, हम जिंदगी भर बहुत से कामों को टालते रहते हैं। या फिर कह लो कि अपनी जिंदगी का एक रोडमैप खुद ही बना कर रख लेते हैं। अरे अभी तो शादी हुई बच्चे अभी बाद में; अभी तो बच्चे हैं, नौकरी बाद में; अभी तो घर की जिम्मेदारियां हैं, अपने लिए वक्त बाद में! पर ये बाद

का भरोसा हमें किसने दिया नैना? हमें क्या पता हमारे पास वक्त कितना बचा है ये सब कर पाने के लिए। कहते हैं जिंदगी तो हमें एक पल का भरोसा भी नहीं देती। फिर पता नहीं किसके भरोसे हम ये भविष्य के सपने बुनते जाते हैं।"

"अरे दी हुआ क्या है साफ बताओ। मुझे तो अब सच में चिंता होने लगी है।" नैना की घबराहट बढ़ती जा रही थी। पता नहीं दी उस से क्या छुपा रही थी, वो ऐसी बातें तो कभी नहीं करती थी।

"तूने कभी सोचा है नैना, किसी मरते हुए इंसान के दिमाग में क्या चल रहा होता होगा। शायद यही कि उसके अपनों के साथ उसे बस थोड़ा और वक्त मिल सके। बस थोड़ा और, ताकि वो उन्हें बता पाए कि वो उन्हें कितना प्यार करता है।"

"पता है दी, गरुड़ पुराण में लिखा है कि मरने के बाद इंसान अपने पुराने गुज़रे हुए दोस्तों रिश्तेदारों से मिलता है। शायद मृत्यु इंसान को इस आयाम से एक नए आयाम में ले जाने का रास्ता भर है। इस दुनिया या दुनिया से परे के कितने ऐसे रहस्य हैं जो वैज्ञानिक भी आज तक सुलझा नहीं पाए। खैर, ये सब जब हम सुलझा पाएंगे तो कितना अजीब है न कि किसी को बता भी नहीं पाएंगे। वैसे और एक रहस्य तो ये भी है की आज हम ये बातें क्यों कर रहे हैं।" नैना माहौल को हल्का बनाने की कोशिश करते हुए बोली, "बाकी की बातें छोड़ो, आप चाय लो।"

"तूने गरुड़ पुराण भी नहीं छोड़ा मतलब।" दी के सफेद से चेहरे पर हल्की सी मुस्कुराहट झलकी।

लैंडलाइन की घंटी बज उठी थी। "इस वक्त कौन डिस्टर्ब कर रहा है अरसे बाद तो दो बहनें बैठ कर अजीब अजीब सी बातें कर रही थीं।" नैना अपने बनाए जोक पर खुद ही हंसते हुए उठने को हुई।

तभी दी बोली "मैं अपनी जिंदगी से बहुत खुश थी नैना। मेरे बच्चे और मेरा परिवार मेरे लिए सब कुछ था। मैं बहुत खुशकिस्मत हूं की ऐसे मां बाप, पति, बच्चे और परिवार मुझे मिला। मुझे जिंदगी से कोई गिला नहीं। गिला रहेगा तो बस वक्त से। वक्त बहुत कम मिला नैना, बहुत ही कम। मेरे बच्चे पीछे छूट गए हैं पर मैं जानती हूं कि मां से भी ज्यादा प्यार करने वाला परिवार है उनके पास। हां मैंने भी अपनी जिन्दगी के लिए काफी आगे तक के ख़्वाब बुन रखे थे, पर मैं उस वक्त उन सब के बारे में नहीं सोच रही थी। मैं तो सिर्फ ये सोच रही थी कि मेरी जिंदगी भले ही छोटी रही हो पर मैंने उसे भरपूर जिया। मैं खुश थी नैना, और सबको बता देना कि अभी भी खुश हूं।"

"ये दी क्या कहे जा रहीं हैं!" रिसीवर को कान से लगाते हुए नैना बस कुछ बोलने को ही हुई थी कि सामने से उसके कानों में मयंक की आवाज पड़ी, "तुम्हारा फोन क्यों आउट ऑफ रीच है नैना। जल्दी से दृष्टि दी के घर पहुंचो। दी का एक्सीडेंट हो गया कोई

ट्रक टक्कर मार गया। दी की मौके पर ही मौत हो गई यार। कुछ समझ नहीं आ रहा। दो छोटे बच्चे!! जीजू क्या करेंगे।"

नैना को कुछ भी समझ नहीं आ रहा था। जैसे ही वो सोफे की तरफ मुड़ी तो देखा वहां कोई नहीं था। सिर्फ एक किताब और दो भरे हुए चाय के कप टेबल पर पड़े थे। नैना का दिमाग सुन्न होने लगा। दहशत से उसके रौंगटे खड़े हो गए। क्या अभी ये सब जो हुआ वो सच था, सपना था या क्या था??

उसको गरुड़ पुराण में पढ़ी एक और बात याद आने लगी। जब आत्मा शरीर छोड़ देती है, तब विस्मित, चकित सी वो भरसक कोशिश करती है कि किसी तरह अपने पुराने शरीर में वापिस जा सके। लेकिन क्योंकि उसका नाता अब इस लोक से टूट चुका होता है, इसलिए वो वापिस नहीं जा पाती। हताश निराश वो आत्मा फिर कोशिश करती है अपने सबसे अजीज़ और प्यारे दोस्तों या रिश्तेदारों से मिलने की, उनसे बात करने की। तो क्या दी को भगवान ने वो मौका दे दिया? क्या अभी जो कुछ हुआ वो शास्त्रों में लिखी इसी बात की गवाही दे रहा था? या कोई भ्रम था?

नैना थके कदमों से जैसे अपने शरीर को घसीटती हुई सोफे की ओर चलने लगी। रिसीवर उसके हाथ से छूट चुका था। आंखें टकटकी लगा कर सोफे के उस कोने पर जा टिकी थीं, जहां दी अभी थी, पर अब नहीं

थी, और अब कभी नहीं होंगी। नैना को ऐसा लगा जैसे उसकी टांगे भरभरा कर गिर पड़ेंगी।नैना की आंखों से आंसुओं की दो बूंदें कब उसके गालों पर आ टिकी उसे पता भी नहीं चला।

खुद को संभालते हुए नैना चलने को हुई तो ऐसा लगा जैसे खिड़की से आता हुआ एक हवा का झोंका उसके कानों के पास से गुजरते हुए फुसफुसा गया हो, "बेस्ट ऑफ़ जर्नी फॉर दिस लाइफ नैना।" नैना के पूरे बदन में सिरहन सी उठी। वो भागकर बाहर लॉन में आ गई।

कविताओं की तरफ...

ख्वाहिशें

ख्वाहिशें कभी किसी की पूरी हों तो बताइयेगा,

या के ज़िन्दगी का मतलब ही नामुकम्मल आरजू तो नहीं॥

हर एक शख्स भागा भागा सा फिरता है यहां,

भागने का सबब बस एक वो अधूरी जुस्तजू तो नहीं॥

सबको सब कुछ मिला भी कहां इस गुलिस्तां में गुलज़ार हो कर के,

के सब की आंखों में वो एक चाहत झलकती ही है ख्वार हो कर के।

वो ख्वाहिश जो हो के नाम, के पैसा, के दौलत या इश्क;

दिल के दरवाजे से होकर लबों पर खुलती,

ये मौसिकी उसी की गुफ्तगू तो नहीं॥

ख्वाहिशें कभी किसी की पूरी हों तो बताइयेगा,

या के ज़िन्दगी का मतलब ही नामुकम्मल आरजू तो नहीं॥

ज़ख़्म

चादर पर पड़ी सिलवटें बयां करती हैं कुछ बातें अनकही।

समझने समझाने के लिए मानों एक उम्र छोटी पड़ गई।

गलतफहमियों के तहों में सिकुड़ते जा रहे हैं रिश्तों के
लिहाफ,

खुशियों की सुई ले देकर बस एक बात पर अड़ गई।

तकिए पे आंसुओं की बूंदों से बनते बिगड़ते कुछ चेहरे,

कुछ जख़्म शब्दों के, खंजर की चोटों से भी गहरे;

कहते हैं वक्त हर जख़्म का इलाज; हर इक मर्ज की
दवा है,

फिर मिरा जख़्म क्यों अभी भी हरा है!
फिर मिरा जख़्म क्यों अभी भी हरा है!

पुरानी अलमारी

आज मेरी पुरानी अलमारी को बरसों बाद टटोला यूं ही

वो पुरानी किताब फिर खींच ले गई वहीं पर मुझको,
जहाँ जिन्दगी खुशनुमा, रंगीन बहुत थी

वो दिन मस्तमौला वो शामें हसीन बहुत थीं।

वो परियों के किस्से कितने सच्चे लगते थे,

बंदर भालू किताब के कव़र पर इठलाते अच्छे लगते थे।

चटाई पर लेटकर एक ही बार में पूरी किताब चाटने की
बीमारी थी,

सर्दियों वाली गुनगुनी दोपहरी में छत की वो धूप भी तो
कितनी प्यारी थी।

दिन भर यूँ ही पड़े हुए दिन कट जाने की वो प्यारी सी
ख़ता संगीन बहुत थी।

कुछ भी कहो पर जिन्दगी वो हसीन बहुत थी॥

अनकही......

यहां से देखा तो तुम गलत वहां से देखा तो हम सही

झगड़ा सारा नज़रिये का था प्यार तो बदनाम बेकार ही
हो गया।

उलझे रहे अपनी अपनी बात मनवाने में हम तुम,

जब देखा मुड़ के पीछे तो प्यारा सा अपना वो कारवां
ही खो गया।

जाने कब बातें जज़्बातों से बड़ी हो गई,

हमने तो लफ़्ज़ों को कब एहसासों से पहले माँगा था?

जब इश्क़ की रहगुज़र में टकराये थे तुमसे यूँ ही
बेसाख्ता

तब कब हमने दुनिया के तराज़ू में रिश्ता ये टांगा था।

न जाने कब चलते चलते यूँ थक गए हम तुम,

चाहा था कुछ और ही हम ने, ये रिश्ता न जाने क्या
से क्या हो गया।

कुछ अधूरे ताल्लुक़ात...

खलिश है एक आज भी सीने में कहीं,

वो दिन तो भूल गए पर वो जज़्बात नहीं भूले।

हल्की सी एक याद बाकी है आज भी किसी कोने में

हम दर्द तो भूल गए पर वो दाग नहीं भूले।

यूँ नहीं है कि उसके न होने से कुछ भी नहीं मिरे पास।

ये है जरूर कि उसके न होने का एहसास नहीं भूले।

शब ए खयालात में कुछ खो से तो गये माना,

पर शब के माथे का वो माहताब नहीं भूले।

ज़िन्दगी ने औकात से भी बढ़ कर दिया हमको,

फिर भी वो अधूरे ताल्लुकात नहीं भूले।

बहारें

एक मुद्दत के बाद इनसे याराना क्या करना,

बहारें कल भी बेवफा थी ये आज भी बेवफा होंगी।

फितरत फिर भी हमेशा से काबिले तारीफ़ रही है इनकी

ये कल भी खुशनुमा थी ये आज भी खुशनुमा होंगी।

खो भी जाएं चलो पहलू में इनके एक और बार हम,

ये तब भी परेशां थी ये अब भी परेशां होंगी।

दुश्वारी का वो दौर था कबका बीत भी चुका है,

जो तब न रहनुमा थीं वो अब क्या रहनुमा होंगी।

इंसानी बुत

मुद्दतों बाद जब उस चेहरे को देखा तो लगा,

दीवानगी ऐसी भी क्या थी पुतला तो वो भी मिट्टी का ही था।

उसके नाम कभी ये दिलोजां कर बैठे थे हम,

ध्यान से आज देखा तो काफिया वो एक चिट्ठी का ही था।

ऐसा भी अज़ीज़ क्या था उसमें, हम जो उसके लिए एक दुनियां से लड़े बैठे थे,

बस वो ही वो था कुछ और था ही नहीं, एक जिद्द पर जैसे अड़े बैठे थे॥

पर वक्त की कसौटी पर जब कस कर देखा हमने उसको,

साफ नजर आया खुदा के भेस में लिपटा वो बुत पत्थर गिट्टी का ही था॥

खूबियां कुछ रूहानी चाहिए यूं भी जमाने से अलहदा होने को,

कुछ जिगर, कुछ इरादा या कि तलब चाहिए पा के सब खोने को।

क्या करते बताईए हम भी इस ज़माने बेगैरत से बैर ले कर,

जब बुनियाद थी कागज़ की, तमाम काशाना ज्यों मिट्टी का ही था।

मां

अमूमन बात नहीं हो पाती तुझसे, कितनी अस्त-व्यस्त
है ये नन्ही सी जान तेरी

तुझे पता है न माँ!!

तुझसे बात करने को भी फुरसत नहीं है मुझको, पर तू
कितने करीब है मेरे दिल के

तुझे पता है न माँ!!

पता नहीं किस राह बढ़ती जा रही हूं, तुझसे दूर फिर
भी तेरे कितने पास होती हूं मैं

तुझे पता है न माँ!!

तेरा अक्स खुद में ज़रा सा भी महसूस करके कितना
गर्वित होती हूं मैं

तुझे पता है ना माँ!!

जब कभी मन ऊब जाता है बनावट से, तेरी निश्छल
मुस्कान आज भी मेरा सहारा है

तुझे पता है ना माँ!!

दुनिया की किसी भी चीज़ से ऊपर अब भी तेरा साथ मुझको सबसे प्यारा है

तुझे तो सब पता है न माँ!!

वो शाम...

भागादौड़ी में जिन्दगी कुछ इस कदर खो सी गई,

सोचा तो याद आया कि दिन रात के बीच इक 'शाम' हुआ करती थी।

छत पर लेटे लेटे ताका करते थे घर लौटते कुछ परिंदों को,

उनके ही आगे पीछे ऊँचे आसमानों तक अपने सपनों की परवान हुआ करती थी।

डूबते हुए सूरज की हल्की शोख किरणें जब जा मिलती थी स्याह लकीरों से,

सुकून की वो साँसे जैसे रात को दिन का पैगाम हुआ करती थी।

आज सोचा तो याद आया, बचपन में वो बड़ी प्यारी सी शाम हुआ करती थी;

इक 'शाम' हुआ करती थी॥

नूर ए जन्नत

शायरी करते करते शायर हो गए, बुतपरस्ती कुछ यूं हुई के काफिर हो गए।

तुमने याद किया कुछ ऐसे महबूब मेरे, सब भुला कर हम तेरे हाज़िर हो गए।

मुहब्बत ने तेरी यूँ तो गम दिए बेतहाशा, फिर भी इश्क़ से तेरे हम कामिल हो गए।

हमने न सोचा था कभी खुदा यूँ हमपर मेहरबाँ होगा,

तुम जो हुए मेरे तो नूर ए जन्नत से हम भी वाकिफ़ हो गए।

काश

काश के तुम्हें ये बता पाती मैं...।

के अब फिर से रात के स्याह अंधेरे में... उन बातों को...
जज्बातों को

दोहराने का, कुरेदने का मन नहीं करता मेरा।

के अब नहीं मन करता फिर से उन्हीं पगडंडियों पर

किसी और का हाथ थामे चलने को।

के अब वो दिलकश ख्वाब जो तुम्हारे साथ बैठकर बुने
थे कभी,

एक जहरीली बेल के जैसे मेरे गले की फाँस बन चुके हैं।

जकड़े जा रहे हैं मुझे लम्हा दर लम्हा,

और घोंटते जा रहे हैं मेरा दम।

क्यों अब उन्हीं वादों पर यकीन करने का मन नहीं करता मेरा,

जिनके सहारे तुम्हारे साथ पूरी जिंदगी का ताना बाना एक मुश्त बन चुकी थी मैं??

क्या चेहरे बदलने का दुख है मुझे या फिर उन वादों में छुपी मनहूसियत का डर?

क्या उन लफ़्ज़ों पर से भरोसा उठा है मेरा या फिर अपने आप पर से??

बस इसी सोच में उदास हूँ, परेशान हूँ...॥

काश के तुम्हें ये बता पाती मैं......

काश!!!!!

क्या करें?

वफाओं पर उनकी भरोसा न आये तो क्या करें!

बातों में उनकी एक शुबहा जो पाएं तो क्या करें!!

वो जो कहते हैं निगाहें उनकी वो बयान नहीं करतीं,

धोखा फिर खाने की अब जो ताकत न आये तो क्या
करें!

जिसको चाहा हमने वो तो अपना न हुआ,

अब किसी और को हम चाह कर भी अपना न पाएं

तो क्या करें!!

'ज़िन्दगी आगे बढ़ जाने का नाम है' ये सोचकर

फिर उसी शमां में झुलस जो जाएं तो क्या करें!!

भरोसा किसी पर करना अब मुश्किल है,

खुद पर अब जो भरोसा जताएं...... और हार जाएं...

फिर क्या करें!!

वो एक मुसाफ़िर

काश किनारों पर रहते ये पत्थर समझ पाते,

आ आ कर बिखरती इन लहरों का कुछ तो फ़साना रहा होगा।

यूं ही तो नहीं मर मिटता कोई किसी पर,

कि तेरा मेरा कुछ तो पुराना रहा होगा।

बेतहाशा दौड़ते पलों को मुट्ठी में समेटा भी हमने,

रेत के माफिक बहने का फिर कुछ तो बहाना रहा होगा।

सूरज डूबा फिर साँझ हुई, कारवाँ बढ़ता ही चला गया,

उस बिछड़े एक मुसाफिर का पर, कुछ तो ठिकाना रहा होगा।

तेरे मेरे दरम्यान......!

फिकरा ये नामंजूर है कुछ भी नहीं था दरमियान,

वो गुफ्तगू हमारी दिल तुम्हारा धड़काती तो थी।

कैसे मान लें कि शायद प्यार नहीं कुछ और था वो,

तेरी रूह से आवाज़ मेरी रूह तक आती तो थी॥

मौसम की पेशानी पर शिकन हम साफ देखा करते थे

जब कभी उदास हो जाता था तू याद करके मुझे।

कुछ भी कह ले या कि कुछ भी बहाना अब बना तू आज,

पर मेरी रुसवाईयां तेरे दिल में हलचल मचाती तो थी।

आज न जाने कहां तू कहां मैं, खो गए से हैं हम तुम,

दर्द दिल की दवा दूरियां तो हुआ नहीं करतीं कभी।

गालिबन इंतहा ए इश्क यही था तेरा मेरा

कि जां इस तमाशे में थोड़ी तेरी थोड़ी मेरी जाती तो थी॥

दस्तख़त...जिंदगी के!

ज़िन्दगी के सफर में बढ़ गए जो आगे तो जाना,

के हर लम्हे पर दस्तख़त ज़िन्दगी के लाज़िमी हैं कितने।

लम्हा दर लम्हा जिंदगी फिसलती गई रेत की मानिंद,

ज़िन्दगी का अक्स तो कुछ ही लम्हों में देखा फिर भी हमने।

बाकी का वक़्त तो बस गुज़र गया यूं ही खाली, सूखा

पतझड़ के पेड़ों के नीचे पड़ी किरचती सूखी पत्तियों के जैसा।

जो लम्हे ले कर आये थे पर ज़िन्दगी के दस्तख़त

वो आज भी जेहन में चस्पां हैं ओस में खिलते गुलाब की याद के जैसे।

वो लम्हे जो बारिश की पहली फुहार की सी ताज़गी
समेटे थे खुद में,

औलिया मस्तमौला जिन लम्हों को जिया था हमने
अपनी शर्तों पर।

दौलत भी कमाई शौहरत भी कमाई,

खुदा का फ़ज़ल जमकर बरसा अभी तक हम पर

पर जब असली कमाई का हिसाब लगाया तो देखा

वो लम्हे ही हीरे सी चमक लिए सबसे पहले रूबरू हैं

कुछ और मेरे पास आज हो न हो,

ये दस्तख़त जो ज़िन्दगी के हैं

नायाब तो बस यही है,

बाकी सब कुछ नहीं है

कुछ नहीं है।